Le fantôme des oubliettes

BÉATRICE ROUER

Le fantôme
des oubliettes

Illustrations de Maurice Rosy

NATHAN

Ce jour-là, la maîtresse
est arrivée toute joyeuse

à l'école, elle avait un projet
à nous exposer :
– La semaine prochaine,

nous irons visiter
un château des environs.
Et l'après-midi, en classe,
nous fêterons Halloween.

– Ouaiiis !

Nous avons sauté de joie !
Le jeudi suivant,
nous sommes arrivés
avec nos déguisements.
Olivier avait un habit de squelette,
Jennifer avait fourré un drap
de fantôme dans son sac à dos,
tandis que moi, Laetitia,
je n'avais pas résisté à l'envie
d'arriver à l'école déjà habillée
en sorcière.

Bien sûr, Jennifer était jalouse
et m'a fait remarquer :
– La maîtresse n'a pas dit
de mettre son déguisement !
– Mêle-toi de tes oignons !
– Crâneuse !
– Crâneuse toi-même !
On s'est tiré la langue
et on n'a plus été copines.
Du coup, Olivier, mon amoureux,
s'est mis à côté de moi
pendant la visite.

Le château était très vieux,
avec des tours, des créneaux,
des douves et même
un pont-levis. À l'entrée,
un guide nous attendait.

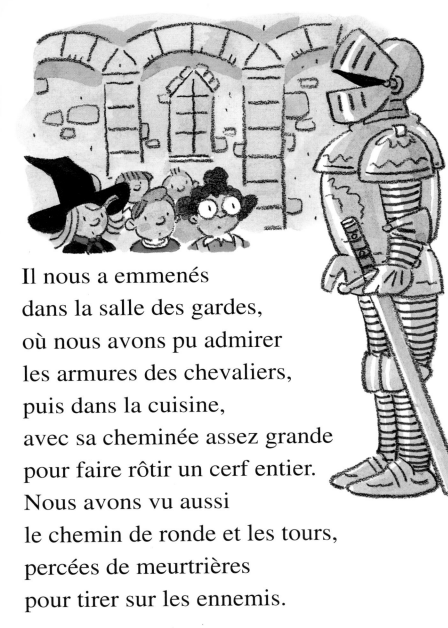

Il nous a emmenés
dans la salle des gardes,
où nous avons pu admirer
les armures des chevaliers,
puis dans la cuisine,
avec sa cheminée assez grande
pour faire rôtir un cerf entier.
Nous avons vu aussi
le chemin de ronde et les tours,
percées de meurtrières
pour tirer sur les ennemis.

Enfin, le guide a dit :
– Maintenant, je vous demande
d'être très sages. Nous allons
descendre dans les cachots.
On les appelle « les oubliettes »,
parce qu'autrefois, on y oubliait
exprès les prisonniers
jusqu'à ce qu'ils meurent.

Il nous a donné à chacun
une lampe torche et nous avons
descendu les 77 marches
d'un escalier raide et sombre.
Brrr...

Nous sommes arrivés devant
une grille. Le guide a sorti
une grande clef et l'a ouverte.
Il nous a montré, dans le mur,
un anneau qui servait à fixer
la chaîne du prisonnier.

Il a expliqué :
– Cette oubliette a été utilisée
pendant la dernière guerre.
Un prisonnier y a même
été « oublié » et il est mort.
On raconte que son fantôme
revient ici tous les ans,
le 1er Novembre.

– Mais c'est demain le 1er Novembre,
a dit la maîtresse d'un ton inquiet.
– Ne vous en faites pas.
Il ne se manifeste que la nuit.

La maîtresse en a profité
pour commencer une petite leçon
très ennuyeuse sur la guerre.
J'ai chuchoté à Olivier :
– Viens, on va aller visiter
les autres oubliettes.

Et nous sommes partis...
La lumière de nos torches
faisait de grandes ombres
sur les murs sombres.
Elle éclairait les cachots,
humides et profonds.

Je me retournais,
craignant de voir débouler
un rat ou le...
– Le fan… le fanfan...
le fantôme !!!
   J'avais hurlé, folle de terreur :
derrière nous, un horrible fantôme
agitait les bras.

Nous avons couru vers les autres,
criant toujours :
– Le fan... le fantôme
du prisonnier, il est déjà là !

Le guide est devenu très pâle.
Il a crié :
– Remontez-tous !

On a foncé en se bousculant
comme des fous pour grimper
les 77 marches. Quelle panique !
Enfin, on s'est retrouvés sains
et saufs dans la cuisine
du château. Ouf !

C'est à ce moment-là
qu'un cri atroce,
un cri à vous glacer les sangs,
a retenti du fond des cachots :
– Hiiii... Au secours !
Je suis prisonnièèèèèère !
C'était la maîtresse !

Le guide avait eu tellement peur
que, sans le faire exprès,
il avait claqué la grille
de l'oubliette derrière lui !

Immédiatement, sans craindre
le fantôme, il a repris sa torche
pour aller la délivrer.
Pauvre maîtresse ! Elle était pâle,
les jambes tremblantes,
presque en larmes.

On l'a entourée pour la consoler :
– Pleure pas maîtresse, c'est pas grave.
Tu n'as pas été oubliée pour toujours.
 Olivier est allé lui faire
un gros câlin, et c'est normal,
parce qu'il est le fils de la maîtresse.

Nous sommes rentrés à l'école et,
comme prévu, l'après-midi,
nous avons fêté Halloween.
Olivier a mis son habit
de squelette, et Jennifer,
son drap de fantôme.
Vous n'allez pas me croire mais,
bizarrement, il était très sale,
son drap de fantôme.
Avec de grosses traces noires.
Comme si le fantôme
des oubliettes c'était, c'était...
Jennifer !

Elle a vu que je la regardais
fixement et elle a pris un air gêné,
suppliant. Alors je lui ai dit
à voix basse :
– Promis juré, je ne dirai rien...
    On est redevenues copines
et c'est vrai, je n'ai rien dit
à personne.
Ça valait mieux pour Jennifer.
Et de toutes façons, la maîtresse
ne m'aurait pas crue.
Car depuis cette histoire,
elle y croit dur comme fer,
aux fantômes !!!

Béatrice Rouer

Béatrice Rouer n'habite pas un vieux château
du Moyen Âge, mais elle adore se déguiser
en fantôme ou en sorcière. Elle fait pousser
des citrouilles et des pissenlits dans son jardin
et parsème ses meubles d'araignées en plastique.
Ses deux fils, eux, préfèrent l'affection de leur
mygale et de leur rat !

Rosy

Tout petit, Rosy s'amuse à recopier les personnages
de Walt Disney. Après un passage dans l'entreprise
familiale de clouterie, il entre aux Éditions Dupuis.
Il écrit des scénarios et crée des personnages
de B.D. Actuellement, il dessine pour la presse et
l'édition et signe de temps en temps une campagne
de publicité.

Retrouve Jennifer, Laetitia et Olivier
dans les aventures suivantes :
T'es plus ma copine !
Tête à poux
Mon père, c'est le plus fort !
Nulle en calcul !
La maîtresse en maillot de bain
Le pestacle et les pétards
Souris d'Avril !
La tête à Toto
C'est mon amoureux !
Le fils de la maîtresse

DANS LA MÊME COLLECTION

DANS LA MÊME COLLECTION

N° d'éditeur : 10081523 - (IV) - 15,5 - CSBTS - 170 - Décembre 2000 - Impression et reliure : Pollina s.a., 85400 Luçon - n° 81822-B
Conforme à la loi n° 49956 du 16 juillet 1949 sur les publications destinées à la jeunesse. ISBN 2.09.282479-1

DATE DUE		
OCT 0 9 2013		
DEC 0 5 2022 ABR 2 8 2014		